JN255363

詩集 一生一度

いっしょういちど

山川白道

北辰堂出版

まえがき

　このところの日本の社会は、モノやカネに結びつくコトに関心が向けられ過ぎているのではないか、と感じています。

　外に目を向けて新たなコトをするには、たしかに専門家や専門機関、マニュアルやネットなどでの情報が役立ちます。しかし、自分自身の再発見となると、話は変わります。それは、人や事物・自然とのかかわりのなかで、時間的にも空間的にも多様な見方で自分を見直すことや、自分の内面ときちんと向き合うことが欠かせないからです。さらには、自分の役割などにも意識を向ける必要があるからです。

　本書は、春は「人の生き様」、夏は「人の生き方」、秋は「自分見つけ」、冬は「ものの見方」をおよその軸として、最近の四十一の詩で構成しました。本書が、老いも若きも一人でも多くの方々の「生き方見つけ」や「自分再発見」、「元気起し」や「生きる力」になれば、これに優る喜びはありません。

著　者

詩集　一生一度●目次

詩集　一生一度

春の章

春の風は、どことなく暖かくてやわらかなイメージがある。
春の風は、希望であり、進歩と向上を含んでいる。
春の風は、生命の成長をぐっぐっと促している。
ここでは、そんな風に吹かれて、
およそ「人の生き様」にかかわる旅となった。

同じ梅の木の花でも

我が家の紅梅
二月中旬から咲き始めて
半月ほどで満開

白梅はと言えば
紅梅より半月ほど遅れて
このごろ一輪二輪と咲き始めた

同じ梅の木の花でも
その年　その日　その時で
一生一度の出合い

いつもの人との出会いでも

同じ出会いはなく
一期一会

花びんに満開の紅梅と
綻んだ白梅の小枝を挿すと
紅は紅　白は白でよく映えた

我が家の白梅の木

我が家の庭で
やっと白梅の花が
ちらほらと咲き始めた
そんな咲き様に誘われ

ひょっこり浮かんだことは
人は　まだ幼いころに
このように生きてやろうと
人生の脚本を描くということ

こんな人生脚本があるためか
絵本などの読み聞かせで
ムカシムカシ　アルトコロニ
このように読み始めるだけで
子どもたちは聞き耳を立てる

人は　だれも
自分の物語を持ち
外の物語とかかわりながら
自分の物語を確かめつくっている

実際のところは
人は　脚本や物語
このストーリーのなかに
今を生き　生かされている

ちらほらと咲き始めた
我が家の白梅の木
これからどんな生き様を
見せてくれるのかな

春の花が一気に

我が家では
春分を過ぎたころ

ジンチョウゲ　ユキヤナギ
レンギョウにと春の花が一気に開花

こんな春のひと日
古書の整理で出合った
岡潔氏の著書

その冒頭に
人の中心は情緒
論を究める数学者が
そう言い切るところに
改めて心が止まった

美しいことを
美しいと感じられる
恥ずかしいことを

恥ずかしいと感じられる
人の喜びや悲しみを
受け止められる

なるほど
ここらあたりが
心中にしっかりあれば
その人の生き様は
まずまずかな

ふたたび
春の花を見れば
桃白黄などの色のなかに
元気がいっぱい詰まっていた

黄梅が咲いた

我が家の庭で
雪柳に変わって
垂れた枝に黄梅が咲いた

そんなひと日
つくづく思うに
人はよく失敗をする
これでもかこれでもかと

失敗のなかには
そのときそれと気づくものと
そうでないものとがある

問題となるのは
そのとき気づかない失敗
それも大きな迷惑をかけてしまう失敗
多くは時を経て結果で気づく

いずれにしても
失敗と気づいたそのとき
それをどう生かすか
そこが分かれ目

失敗は成功のもと
活動しなければ失敗もない
失敗がなければ成功もまたない

黄梅に

そっと近づいて見ると
頭を垂れてつつましく咲いていた

もう桜吹雪

強い北風で
やっと咲いた桜が
もう桜吹雪

桜舞い散るこの一両日
ちょっとしたことで
心にザワザワ感

やっぱりそこには

自分を守ろうとする心
人に認められようとする心など
もつれた糸のようにからまり
ザワザワ感を起こしていた

無心　無念　無想
なろうとしてもなれない
でも　そうではあるけれども
そうなりたいと思うだけで
まずは　第一歩かな

桜　舞い
めざすは一つ
無心かな

寒のもどりで

寒のもどりで
もう霜は降りないだろうと
植えたジャガイモが
霜被害を受けた

思い込みは
人　それぞれある
C・R・ロジャーズは
これが行動の元にあるとした

思い込んでいる自分
これが　あるから

苦しむこともあるが
普段の生活ができている

でも　この思い込みから
一たび離れてみれば
幾重にも　幾重にも
支えられ　守られている
あるがままの自分が現れる

生活のなかでは
何か事があるときに
振り返えればいいのかな
この思い込みの自分と
あるがままの自分

もう霜は降りないとの思い込みで

被害を受けたジャガイモ
このところのぽかぽか陽気で
きっとよみがえるに違いない

この春の野を

春の野を
ささやきながら
渡る風

こんなのどかさとは裏腹に
自らの内には生きたいがどっしり
そして　できれば苦しまず
恥ずかしくない生き方

こんな欲もある

A・H・マズローは
人の欲求には
生理的な欲求から始まり
安全の欲求　所属と愛情の欲求
尊敬されたいという欲求
そうして　自己実現の欲求
こんな欲求の階層があるとした

しかしそういう階層があるとしても
人生の終盤に近づいたならば
自分にまとわりついた欲を
できそうなものから
一つ一つ解き放す

そうして
軽やかとなって
吹き渡っていきたいな
この春の野を

ライラックが

我が家のライラックが
背丈が二メートルほどに伸び
薄紫色の可憐な花を咲かせていた

自然の草木は
おもに上に伸びる力と
横に広がる力を持つ

人も同じように
おもに進歩向上の力と
他との共存共栄の力を持つ

人の生き様は
お釈迦様が説かれた
上求菩提と下化衆生を含む

我が家のライラック
その可憐な花の芳香は
十方にほのかに漂っていた

みどりの風が

目前に広がる茶畑
遅れていた茶摘みが
急ピッチで進められている

こんななかでの心中探索
心境を高めることに努めれば
苦はなくなるだろうと思っていた
だが　一向になくならない

臨床心理学の学びを深めれば
苦はなくなるだろうと思っていた
だが　一向になくならない

苦は泡のように
浮かんでは消える
そうそう　お釈迦様は
「人生は苦だ」と看破された

苦があることが
生きていることの証し
苦は苦として前向きに受け止める
そうしておもむろに対処する
落ち着くところはここかな

あーあー　茶畑を
みどりの風が
吹き渡る

プランターの花

プランターの花へ
早朝の水遣り
背後から隣のお婆さんの声

「きれいだね
これ　何という花かね
いつも見させてもらっているよ」

このプランターの花
気配りは　土と肥料と日当たり
とくに気を付けていることは水遣り

人の育ちもよく似ている
家族や社会　自然環境に支えられ
とりわけ親からは
深い愛情が注がれて育つ

その一方　人は人として生まれ
自身の経験を積むなかで
心を耕しつつ育つ

でも　うっかりこの心の耕しを怠ると
なかなかうまく咲かない
きれいな花

詩注1

同じ梅の木の花でも

人との一生一度の出会いは、茶道の心得に由来する言葉で言えば、一期一会ということになる。一期一会の思いでみれば、その時々の平凡な生き様も非凡となる。

我が家の白梅の木

臨床心理学のなかに、脚本分析（script analysis）がある。これは、「人生を一つの舞台とみなし、人が知らず知らずのうちに演じてしまう人生の脚本を、理解し修正するための分析」と言われている。

春の花が一気に

勢いのある花をよく見ると、決まって茎や幹、根っこがしっかりしている。生き生きした人も、たしかに情緒が豊かである。なお、ここでの書物は、『春宵十話』一九六九年、毎日新聞社である。

黄梅が咲いた

人生には、思うように事が運ばないだけでなく、失敗は常にある。しかし、失敗が大発明に結びついたり、失敗への誠実な対応の仕方で、かえって周りの人から信頼されたりすることもある。

もう桜吹雪

人の生き様として、心のザワザワ感はよきにつけ悪しきにつけあるものだ。そんなときは、「ザワザワ感に支配され続けないようにすること」が、心を鍛えることになる。

寒のもどりで

C・R・ロジャーズ（1902-87）は、来談者中心療法を創始したアメリカの臨床心理学者である。彼の業績をたどると、彼は「あるがままの自分」のなかに、仏教でいう仏性を見ていたのではないかと考えられる。

この春の野を

A・H・マズロー（1908-70）は、人間尊重の人間性心理学を提唱し、欲求の階層説（need-hierarchy theory）を構築した。彼の説のように、「人の欲求には優先順位があり、下位の欲求が満たされると、上位の欲求が生じる」という見方がある。

ライラックが

人の生き様を、進歩向上と共存共栄の二つの軸としてとらえることができる。松原泰道氏（1907-2009）は、百一歳時に共著『いまをどう生きるのか』二〇〇八年、致知出版社で、「『上求菩提、下化衆生』こそが人間の生きる道であろうと私は思うんです（二四〇頁）」と述べている。

みどりの風が

苦には、仏教では、四苦八苦（生・老・病・死、愛別離苦・怨憎会苦・求不得苦・五陰盛苦）がある、と説かれている。そんな苦を感じたそのときは、「それ、来た！」と覚悟して受け止めれば、同じ苦でも違いが生じる。

プランターの花

人には、この「心の耕し」は死ぬまでいる。なお、ここで尋ねられたプランターの花の名は、マンデビラ・オスカー。やや蔓性で、五月頃から咲き始め十月頃まで楽しめる。

夏の章

夏の風は、どことなく開放感があり、
暑さを少しだけ和らげてくれる。
夏の風は、元気であり、繁栄と発展を含んでいる。
夏の風は、生命の躍動をぐっと促している。
ここでは、そんな風に吹かれて、
およそ「人の生き方」にかかわる旅となった。

我が家の紫陽花

梅雨入りしても
なかなか降らない雨
それでも鮮やかさを増した
我が家の紫陽花

そんな紫陽花を眺めながら
ひょいと達観力に心が止まる
これは経験や知識がものをいうが
経験や知識だけではなさそう

達観力を高めてみれば
ちょっとした体調の不具合
少しばかりの仕事の不調

人間関係のいざこざなどは
自然の雨風のようなもの

達観力を高めてみれば
今　苦しんでいることも
今　悲しんでいることも
今　悩んでいることも
人生の一景色

今を盛りと咲く
我が家の紫陽花
これはこれで
当家の一景色

夏なのに冷たい

夏なのに冷たい
今日は　午後から雨
冷ややかな雨が降り続く

こんななかで思うに
人生では一つの扉が閉じると
必ずどこか別の扉が開く
自分の体のことしかり
世の中のことしかりだ

二十代や三十代に比べれば
たしかに走力も握力も　瞬発力も持久力も
視力も聴力も　身体能力のほとんどが落ちている

でも　六十代の今の方が認識力も忍耐力も
平常心も逆に高まっているようだ

昔　親しくかかわった人の多くも
今は　ほとんどかかわりがなくなっている
でも　新たにかかわっている人もいる
古き扉が閉じて新しき扉が開くだ

ここ一か月余り続いた暑さに
すっかり慣れ切った我が身には
やはりこたえるなあ
この冷たさ

元気の風を

世界最高峰に最高齢で登頂
世界の人々をアッと驚かせた三浦さん
登頂時は　なんと八十歳

帰国後の三浦さん
テレビのインタビューで語った
人生で大事なこと
それは　目標をもつこと
そして　あきらめないこと

たしかに目標は
生き方を前向きにし
細切れの時間をつなぎ合わせる

目標がしっかりと定まれば
目先の誘惑に惑わされず
忍耐力をも鍛えられる

目標には
後ろ向きになるな
ささいな事にとらわれるな
こんなメッセージも入っている

世界中の人々に元気の風を
吹き渡らせた三浦さん
御歳は　八十歳

ラックづくり

昆虫標本の箱を
八つ展示するため
およそ一週間かけた
ラックづくり

まず設計図を描き
必要な木工材料を集めた
ここで心がけたことは
丈夫　安価　軽量

そうして側面から始めて
後面そして前面へと
ノコギリとカンナを使い

要所要所は　ペンキを塗り
ボンドと釘で止めながら進めた
一番の苦心は展示板を斜めにしたこと

出来栄えは　いざ知らず
課題を一つ一つ解きながら進めた
このような物づくりの道程
なんと楽しいことか

こんなラックづくりのように
大いに楽しみたいな
人生の旅路も

ぐずついた天気

あれだけ張り出していた
夏の高気圧が一息
このところは時々雨
ぐずついた天気のためか
すっきりしない気分

生活のなか
理屈や五感では
わからないものがあり
すっきりしないことがある

ところが
複雑な情報のなかから

最善の選択肢を一瞬で選ぶ人工知能
これで動くロボットには
わだかまりも何もない

すっきりしないこと
これを　とらえ直せば
生きている証しだけではなく
人の気持ちを推し量るのに
なくてはならない

おお　こうしてみれば
このところの天気のように
すっきりしないこの気分
大いに役立っているぞ
人間味を培うことに

梅雨に逆もどり

このごろは
梅雨に逆もどり
湿っぽい日が続いている

外の湿っぽさはそれとし
涙は　心の潤いになる
人は生きていくなかで
実に多くの涙を流す

涙は喜びのときも
悲しみのときにもある
また他人のそれに共感するときも
事物に感動するときなどにもある

喜びの涙は
会いたい人にやっと会えたとき
苦労がやっと報われたときなどにもある
こんなとき　忘れたくないのは
お陰様でという感謝の心

悲しみの涙は
親しい人をなくしたとき
苦労が報われなかったときなどにもある
こんなとき　時の癒しとともに
忘れたくないのは忍耐の心

梅雨に逆もどり
こんな湿っぽい日でも
同じ心の潤いになるのなら

やはり喜びや感動の涙がいいな

ひどい嵐のときも

今年の台風六号は
四国地方を中心に日本各地に
大雨の爪痕を残した

人生航路では
ひどい嵐のときも
これをどう乗り越えるか
この考えがあれば
心は落ち着く

多くの人が集まり
何かをするときも同じ
細波があるのは当たり前
ときには大波もある

予期せずして
大波に出合ったのなら
これをどう乗り越えてみせるか
このようにとらえ直したらどうなる

台風が去って畑へ
すると大雨なんのその
植えたオクラとナスの苗
大地にしっかりと根づいていた

うだるような暑さで

うだるような暑さで
冷たいものを飲み過ぎたのか
昨晩はひどい腹痛

身体の健康は
バランスの上にある
一たびバランスが崩れるや
すぐにサインが出る

もっとも
サインなしの方が厄介
偏見　盲信　誤解などなど
ひどく他人を痛めつけておきながら

当人はまったく気づかない

やはり
常にバランスをチェック
自分の身体だけでなく生き方も

思いがけない腹痛が
「元気起し」になった
バランスチェックを土産にして

近所の朝市で

猛暑日続くなか
昨夜は　若干の雨

作物などには恵みの雨

こんななか
月一回ある近所の朝市で
「これを飲まないと癌になる」
と言う人に出会った

これは
「これをしないと日本が滅びる」
この論法と同じだ

一理はあるとしても
これをして欲しいがために
飛躍した結びをする

こんな飛躍した話は

聞き流しておけばいい
風が吹抜けていくように

ああ　吹抜ける風が
軽やかに感じられるのは
目前に大きな妨げがないこと
昨夜の若干の雨

タカサゴユリが

我が家の周りに
植えたはずがないのに
台湾から渡ってきたという
タカサゴユリがあちこちで咲いた

この花に導かれて
心の奥から浮かんできた
人は失敗を繰り返してしまうが
失敗をバネにもしているということ

生活のなかで
失敗で落ち込んでいるところを
追い討ちのようにけなされたりすると
よけいに落ち込んでしまう

ほんとうは
けなす人もけなされる人も
失敗は向上のチャンスになることを
しっかりとらえておきたいな

とりわけ自分が
落ち込んでしまったそのときは
失敗は向上へのチャンスと
しかと思い起したいな

タカサゴユリが
このわたしのように
どんな事にもへこたれずに生きよと
夏風に揺れていた

天の窓

流れ星を話の軸にして
子ども向けに「天の窓」と題する

絵本を描いた

流れる時間のなかで
小さなものも　大きなものも
みんな役割をもってかかわり合っている
こんなことをテーマにした絵本

ただ　先日の新聞記事
「依存症大国　日本」と題して
ギャンブル　アルコール　ネットなど
合わせれば一千万人近くにもなるという

依存症になると
人や事物とのかかわり方が
周りの人に受け入れにくいところまで
進んでいるにもかかわらず

止(や)められないという

子(こ)どもたちだけでなく大人(おとな)も
「役割(やくわり)をもって」というところ
「ほどよいかかわり方(かた)」のところ
もっとよくかみしめたいな
心(こころ)の窓(まど)を開(ひら)いて

詩注2

我が家の紫陽花

経験や知識の乏しい子どもには、達観力はなかなかむずかしい。しかし大人になっても、達観力への心がけがないと、この力は少しも育たない。

夏なのに冷たい

長い人生では、世の中の冷たさに耐えなければならないときが多々ある。なお、この日(2015. 6. 5)、当地(西三河北西部)では夏なのに最高気温が二〇度Cにも達しなかった。

元気の風を

目標には、引力がある。集団の目標であれば、団員を引きつける力になる。なお、冒険家の三浦雄一郎氏（1932-）は、平成二十五年五月二十三日、史上最高齢の八十歳でエベレスト山（8848m）の登頂に成功した。

ラックづくり

目標や志に向かっているときは、いつも課題が生まれる。進歩・向上のとき、個人でも組織でも「課題のないことが、最大の課題」である。

ぐずついた天気

わだかまりがあってすっきりしないことを、わざわざ呼び込むことはない。しかし、そうなってしまったなら、「今、人間味を養っているのだ」と、自分に言い聞かせるのも一つの生き方。なお、これにかかわって思い浮かぶ言葉は、仏教にある「煩悩即菩提」である。

梅雨に逆もどり

人の生き方で、心に留め置きたいことに「感謝」と「忍耐」がある。(「感謝」については、拙著『元気の風』二〇〇八年、ヒューマンアソシエイツ三八頁参照)

ひどい嵐のときも

災害もトラブルも、できれば避けたい。しかし、実際に起きてしまったときは、「①その被害を最小限に止め、②できるだけ早く立ち直ることである。そして、③そこから学ぶことは何か、④それを避けるにはどうするか」と、とらえたいものである。

うだるような暑さで

人の生き方で、失いたくないことに「バランス」がある。このことについて、思い当たる言葉が二つある。アリストテレス(B. C. 384-322)の徳論にある「中庸」と、仏教で説く「中道」である。

近所の朝市で

ここでの勧誘の類は、一部の宗教・団体・組織などに見られる。近ごろでは、「振り込め詐欺」もこの類である。こんなときは、「事物の本物・本質を見分ける生き方」がものをいう。

タカサゴユリが

「黄梅が咲いた」（一八頁）でも失敗について記した。ここでは、さらに一歩踏み込んで「向上へのチャンス」とした。

天の窓

「天の窓」は、拙著『詩集　表裏一体』二〇一四年、北辰堂出版、「虫には虫の」をヒントに、絵本化したものである。ここでの新聞記事は、毎日新聞（2014. 8. 21）朝刊による。

秋の章

秋の風は、どことなくさわやかで透明なイメージがある。
秋の風は、実りであり、英知と調和を含んでいる。
秋の風は、生命の成熟とはかなさを運んでくる。
ここでは、そんな風に吹かれて、
およそ「自分見つけ」にかかわる旅となった。

台風が次々と

夏の高気圧が退き
台風が次々とやって来た
台風は遥か彼方でも
日本各地に大雨

もともと
各地の天候は
地球全体の気候が
かかわっているという

このごろよくある大地震も
地球を取り巻くプレートの動きが
かかわっているという

身近な経済も
中東での有事の際は
すぐに原油の値が上がり
石油製品の値が上がる

身の回りのことも
大きな自然や社会の動きと
よくつながっている

自分の在り様も
時と場が遠く離れていても
生かし生かされてよくつながっている

コスモスの花に誘われ

穏やかな週末
コスモスの花に誘われ
ふとのぞき見た自分

怒りを遷さず
過ちを弐たびせず
これは孔子が顔回を評した言葉
これがむずかしい

怒りを遷さずでは
それほどむきになることかと
直ぐに切り換えできればいいのに
これがなかなかできない

過ちを弐たびせずでは
過ちをしてしまったそのときに
幾つか対策を立てておけばいいのに
これもなかなかできない

それにしても
顔回のすばらしさ
それを評する孔子のすごさ
約二千五百年経っても色あせていない

のぞき見た自分から目を移せば
鮮やかなコスモスの花が
秋風に揺れていた

ホトトギスの花が

ホトトギスの花が
庭のコブシの下で咲いた
近づいてみるとかすかな香り
自然のなかの美しいものには
香りがともなうのかな

求めても　願っても
自然は　なかなか語らない
でも　ちょっとしたきっかけで
自然が語り出すときもある

人は　自然の一部
人のなかに自然がある

人が自然の営みに反すると
心や体の不調　自然災害など
遅かれ早かれ　その反動がある

人は　自然の理を知り
自然の理を　活かし
自然と共に生きてこそ
自然のなかで生かされる

ああ　やわらかな
かすかな香り
ホトトギス

さわやかな秋風が

季節外れの夏日
そうかと思えば一転
今日は　さわやかな秋晴れ

そんな秋空を仰ぎ見れば
西に傾いた日の光を受けて
空高く東から西へ向かう飛行体

飛行体にあやかり
よおしと深呼吸して
意識体を大きくしてみれば
西には濃尾平野　南には三河湾
東遥かには富士山　北眼下には猿投山

人が生まれること
それ自体が奇跡であるのに
人に意識体が在ること
奇跡のなかの奇跡

ふいーと
さわやかな秋風が
意識体のなかを吹き抜けていった

立冬の青空の下

プラタナスの落ち葉を
さくさく踏んで

朝露光る芝生園へ

そこでの太極拳
始めは　先生と十七人の呼吸
しばらくして　自分だけの呼吸
しまいには　渡る風とともに
自分も透明な風

それは
天の気をいただき
地の気をいただき
天地と一つになった心地

そんな心地でみれば
みんなつながっている
人生のどんなことも

つながりに気づくきっかけ
立冬の青空の下
錦の紅葉　小枝の小鳥　渡る風
園内の人も　園外の人も
みーんな　一つに

菊の香り

庭の小菊を
花びんに挿して
そっと匂いをかいだ
まさに菊の香り

菊の存在は
見た目だけでなく
その香りにもある

自分の存在は
小さくは家族のなか
大きくは地球生命のなか

自分の存在を
小さな見方からも
大きな見方からも
目に見える事象からも
見えない事象からも見直す

かたや
誕生の頃から

子供の頃　青年の頃　壮年の頃
そうして　今までと
時の流れからも見直す

そうした後は
一塊の風となって
ふわーと渡っていきたいな
菊の香薫るただなかを

明るい満月

明るい満月
夜中に目が覚めて戸外を見ると
そのまた明るいこと

その夜は　なかなか寝付けず
脳と行動　精神と心と魂　生と死
そうして　生活のなかで気づく「第一の自分」と
そこでは気づきにくい「第二の自分」へと
普段は浮かばないことが
次々と浮かんできた

行動のほとんどは脳の指示
脳のはたらく場所の違いで
理性的ともなり感情的ともなる

心や魂は
精神と分けにくいが
精神のはたらきの元になっている

生は　魂が体に宿ること
死は　魂が体から離れ
元いた世界へもどること

そうして
「第二の自分」は
いつも未熟な自分を温かく見守り
永遠の命とつながっている

明るい満月が
この世ならざる光で
辺りを照らしているようだった

とんとんジョギング

よく冷えた早朝
頭上はやや細身の半月
「第二の自分」と一緒に
とんとんジョギング

「第二の自分」は
このうえなく透明
それは　有にして無
無にして有

「第二の自分」は
限りない空間の広がりのなか
それは　広大にして狭小

狭小にして広大

「第二の自分」は
果てしない時間の流れのなか
それは　永遠にして一瞬
一瞬にして永遠

とんとん走る
楽しいな　楽しいな
ありがたいな　ありがたいな
「第二の自分」と一緒

車二台ピッカピカ

穏やかな小春日和
汚れに汚れた車二台
ピッカピカ

始めは　シャワーとブラシで
次は　布で水をふき取り
仕上げは　ワックスで
車二台ピッカピカ

でも　心はと言えば
汚れ落しをしたつもりでも
暮らしのなかのささいなことで
貪り　怒り　邪見に陥るし

右に揺れ　左に揺れる

ちょっと待てよ
そのようにとらえているのは誰か
それが　その人自身であり
「第二の自分」ではないか

「第二の自分」から
「第一の自分」を見れば
空間的にも時間的にも窮屈ななかで
一生懸命生きているではないか

車の鍵探しが

伐採した檜の小枝の片付けなどで
うっかり車の鍵を落としてしまった
それには玄関と書斎の鍵も付いていた

一時ほど探しても見つからず
やむなく予備の鍵を届けてもらい
その日は　あきらめて帰宅

翌朝　鍵探しのために
一旦　山積みした小枝を
一つ一つ別の場所に移した
それでも一向に見つからなかった

腰をおろして　フーと一息
このとき小枝の片付け前を思い出し
柿木下の落ち葉を熊手でかいた
なんと出て来たではないか
探していた車の鍵が

鍵を見つけるまで
心に浮かべていたこと
人生に無駄なことはない
こんなときこそ「第二の自分」

期せずして
車の鍵探しが
「第二の自分」探しになった

詩注3

台風が次々と

「かかわり」という計り知れない網目のなかで、「役割」を通して互いに生かし生かされている自分がある。なお、平成二十五年は台風が多く、気象庁の統計では、九月・十月で五つが本土に接近した。

コスモスの花に誘われ

孔子（B.C. 552-479）は、高弟の顔回（B.C. 521-481）のことを「学を好み、怒りを遷さず、過ちを弐たびせず（論語—雍也第六抜粋）」、と評している。

ホトトギスの花が

人生の師として、「天・人・経」があると言われている。ここでの天は大小の自然、人は聖賢者、経は古今東西の経典や英知の書物である。もっとも、人については聖賢者だけではなく、見方によってはすべての人が師となり得る。

さわやかな秋風が

ここでの「意識体」は、「意識のまとまり」といった程度の意味である。（くわしくは、拙著『詩集　ふちんし』二〇一二年、日本文学館、第二章）。

立冬の青空の下

社会生活では、分別は不可欠。しかし、その分別智だけでは、なかなかわからない人・事物・力がある。一例をあげれば、普段の生活のなかでは、周りとの多重多層のつながり（かかわりや役割など）は、ほとんど意識にのぼってこない。

菊の香り

「自分の再発見」には、微視的・巨視的な見方、多角的・多面的な見方の空間論がいる。また、短期的・長期的な見方の時間論がいる。さらには、本質的・根本的な見方の存在論がいる。

明るい満月

ここでの「第二の自分」は、「第一の自分」に寄り添ってはいるが、雑念をしっかり取り払って無心にならないとわかりにくい。（前述『詩集　ふちんし』第三章三参照）。

とんとんジョギング

「自分見つけ」の旅は、はからずも「第二の自分見つけ」となった。ここでの「第二の自分」は、脳科学者のジル・ボルト・テイラー氏が、竹内薫訳『奇跡の脳』二〇一二年、新潮文庫で述べている「右脳の意識」「右脳マインド」に通じるところがある。

車二台ピッカピカ

一生懸命に今を生きている「第一の自分」を、ときには「第二の自分」からほめてやりたいものだ。

車の鍵探しが

何事か起きたときには、「第二の自分に見守られているという自覚」があるかないかで、安心感に大きな違いができる。

冬の章

冬の風、とりわけ北西の季節風には、
冷たくて身が引き締まる。
冬の風は、忍耐であり、育みと充実を含んでいる。
冬の風は、新たな生命の誕生を促している。
ここでは、そんな風に吹かれて、
およそ「ものの見方」にかかわる旅となった。

この冬の寒気団が

凍てつくような北風とともに
遅れていたこの冬の寒気団が
ドドッとやって来た

この寒気で
フッと気づくと
人を厳しく責める心が
まだまだしぶとく残っていた

この心にとりつかれると
長い目で見ることも
広い目で見ることも
深い目で見ることも

パッと影を潜めてしまう

これらの三つの目
人を厳しく責める心に
とりつかれないためにも
コツコツと鍛えておきたいな

水仙の花は

午前中は陽射しもあったが
午後からはヒューヒューと吹雪
それでもと運動を兼ねて畑へ
なんと　この寒空の下
その畑の片隅で水仙が咲いていた

水仙の花は
どんなに北風が強くても
どんなに雪が降っても
厳しい風雪に耐えて
凛と花を咲かせる

さて　さて
今つらい仕事に耐えている人
今つらい難民生活に耐えている人
今つらい飢えに耐えている人
世の中に幾万幾億とある

見方を転じて我が身へ
このような生き方でよいのか
残された限りある時間を

どう使えばよいのか

ああそうそう
水仙の花のように
一隅を照らして凛と生きる
これもまたいいなあ

寒さで身が縮む

今年の三が日は　寒波
元日と二日は　小雪
三日目に晴れたが
寒さで身が縮む

こんななか
自らは心を開いて
周りを見直してみれば
身近な人々とのかかわり
社会や自然とのかかわり
それらのなかを流れる
温かな血潮あり

時間にしても
矢のように瞬く間に過ぎる時間
大河のようにゆったりと流れる時間あり
流れ方の違いはあっても
表裏一体

このように時空を感知する
その主体たるや

稀の稀

心をもどして
窓の外を見れば
六所山の左肩上に
太陽がさんさんと輝いていた

歳のせいに

昨日の吹雪がおさまり
今日は　よく晴れて
陽射しにぬくもり

そんななかの新年会

隣に座ったEさんの言葉
「わたしは物忘れなどをしても
歳のせいにしないことにしている」

それは　そうだなあ
失敗を歳のせいにしておけば
その反省もしないし
それを防ぐ努力もしない

ほんとうは
何歳になっても
向上できるところがある
反省心と向上心とは表裏一体

なにやら
「元気起し」になった

Eさんの言葉

心が温められると

石油ストーブの前で
いつものように広げた朝刊
その紙面がぽたぽたとぬれた

そこには
東日本大震災直後に
「日本から学ぶ十のこと」として
世界中をかけ回ったとされる
メールの紹介

その内容は
被災者にかかわって
平静　威厳　能力　品格
秩序　犠牲　優しさ
訓練　報道　良心
これらに驚きをもって
日本の社会を称えていた

かたや記憶のなか
我欲に満ちた日本人
このように言う人もある
どちらも一面を突いているが
真相はやっぱり表裏一体

それはそれとして
心が温められと

緩むのが涙腺
この焼芋を

冬とはいえ今日は
ぽかぽかした小春日和
剪定した木の処分のために
檜の小枝を焚付けにして焚火

よい燠ができたので
薩摩芋をアルミ箔で包んで焼いた
柔らかくなったかを確かめ
取り出して食した

ほくほくして
おいしいこと　おいしいこと
この焼芋をほおばりながら
フイッと浮かんだこと

麗しい日本文化は
「恥の文化」を織機とし
「敬の文化」「礼の文化」をたて糸
「和の文化」を横糸として織り成す錦

昔の農家の人々は
焚火をぐるりと囲んで
こんな焼芋を楽しんだに違いない
これもプチ日本文化かな

静寂のなかで

寒中の静かな朝
時折　雲間から漏れる陽射し
風もなく　音もない

こんな静寂のなかで浮かぶ
この時代　この国　この地で生まれ
そのうえ　考えることができる
これは奇跡という外はない

このような奇跡の
自分の存在を探求するには
あるがままをたどる仕方もあれば

なぜ在るかと元を手繰る仕方もある

あるがままの一つをたどってみれば
世界の人口　今およそ七十三億人
ところが　それだけ多くの人も
ヒトＤＮＡは　ほとんど同じという

人は　ヒトＤＮＡのわずかな違いにより
環境や育ちも加わって千差万別の違い
自分は今　そのなかの一個人として
三十八億年の生命史を刻んでいる

存在の元をわずかに手繰り寄せれば
目には　はっきり見えないけれど
物には物の　生き物には生き物の
自分には自分の役割がある

そんな自分の存在を
ほんの少し垣間見るだけで
もっと他の人と仲良くなれるはず
こんな思いが静寂のなかへ溶けていった

雪化粧した別世界

朝　起きて見れば
昨日の予報通りの大雪
そして　雪化粧した別世界
こんな別世界のなかで
あるがままの自分を感じ取り

生活認識モードから存在認識モードへ
そして　深い内面の世界へ

そこは
限りない時空のなか
数限りない役割と役割とが
かかわりの糸で結ばれた光の世界

そんな世界からもどれば
相変わらず四苦八苦の海のなか
心には　絶えず細波

ただ　同じ苦しみでも違う
光の世界があることを
知っているのと知らないのと

しばらくして戸外を見れば
積もった雪はもうシャーベット状
やがてそれも見慣れた景色に

風が冷たいね

「日差しがあるのに風が冷たいね」
これは　今日の時候のあいさつ
こんな冷たい風とともに
浮かんできた思い

自分を空っぽにし
さらに　空っぽにし
もっと空っぽにしていくと

自分が今　ここに在ること
それは一つの小宇宙であり
大宇宙を映し出している

小宇宙も 大宇宙も
変化して止まない時間の流れのなか
この時間の流れ
永遠も一瞬　一瞬も永遠

空っぽになった自分を
ひょいと振り返りみれば
もはや苦しみもなく
悲しみもない
透明な輝き

ああ　いつもここまで

空っぽにしていけたらいいな
こんな思いが通り過ぎていった
この冷たい風とともに

早春の雨上がり

早春の雨上がり
仏教にある「諸行無常」に
ふと心が止まる

これは
万物は常に変化して
少しの間もとどまらないこと

これで見ると
この世の中のすべてが
限りなくはかないものになる
でも　そこに妙味がある

その一つは　時間の流れ
一瞬のなかに
永遠を感じることができ
永遠のように見えても
一瞬でなくなるものがあること

いま一つは
「継続は力」とこつこつ努める
「まかぬ種は生えぬ」と種まきをする
このように　今起きている出来事は
因果の糸でつながっていること

変化のなかに価値があり
変化するから生じる価値がある
万物は常に変化するから
妙なる味わいがある

早春の雨上がり
もう木々の小枝には
確かな芽吹きの動きあり

詩注4

この冬の寒気団が

「長い目」は時間論での見方、「広い目」は空間論での見方、「深い目」は存在論での見方である。（くわしくは、前述『詩集　表裏一体』四七頁）。

水仙の花は

人生では、ときに①世の冷たさ、②苦しさ、③煩わしさ、④閑（退屈）に耐えなければならない（四耐）。そこで、安岡正篤氏（1898-1983）は、その四耐のなかでとくに④のむずかしさをあげ、「絶えず追求すべき明確な目標を持ち続けること」を説いている（『運命を創る』一九九九年、プレジデント社、一七五頁）。

寒さで身が縮む

一つのものの見方として、「表裏一体」がある（くわしくは、前述『詩集　表裏一体』第一章）。なお、ここでの「その主体」は、前章の「第二の自分」と置き換えることもできる。

歳のせいに

反省の仕方にもレベルがある。どうせなら、向上のステップを踏み出せる反省にしたい。なお、物忘れ予防には、①自信を持つこと、②場所細胞を使うこと、③有酸素運動をすることがよい、と言われている（ＮＨＫ 2013. 10. 23 放送「ためしてガッテン」より）。

心が温められると

ここでの新聞記事は、元世界銀行副総裁の西水美恵子氏（1948-）寄稿による毎日新聞「時代の風」（2013. 2. 10）である。

この焼芋を

事柄によっては、たて糸・横糸でとらえるとわかりやすい。それはさておき、現実社会は、「敬や礼」ではなく「不敬や非礼」、「和」ではなく「争いや騙し合い」、これらを「恥」ではなく「恥知らず」で織り成す見苦しい布もある。（なお、「麗しい日本文化」は、前述『元気の風』七二頁参照）。

静寂のなかで

科学的な知見は、ものの見方を豊かにしてくれる。分子生物学者の村上和雄氏（1936－）は、共著『人間この神秘なるもの』二〇〇六年、致知出版社で「（前略）かけがえのない一人であって、すべて違う存在なのだけれど、ヒトＤＮＡの九九・九パーセントは同じなんですね（一七三頁）」と述べている。

雪化粧した別世界

「生活認識モード」は、普段の生活のなかで使っている認識の様式。「存在認識モード」は、ものの存在を認識する精神活動の様式である（くわしくは、前述『詩集　表裏一体』第三章一）。

風が冷たいね

「空っぽになった自分」の見方を変えれば、「無限の世界と一つになった自分」ということになる。

早春の雨上がり

仏教で言う「諸行無常」は、「万物は常に変化して少しの間もとどまらないこと（広辞苑）」と言われている。

あとがき

本書は、「自分再発見」では、前拙著『詩集　表裏一体』〈北辰堂出版〉から一歩踏み込めたのではないかと感じています。

生活のなかで他人などを通して知り得た自分を、さらによく知ろうとするならば、やはり一歩離れて自ら自身を見てみることが必要になります。これは、日本という国をさらによく知るために、国外から日本のことを見聞きしたり、過去から現在の日本を探求したりすることに似ています。

そうは言っても、自身を見守る「第二の自分」となると、それはこの四次元時空（三次元空間と時間）を超えたところに在るようでもあり、なかなかわかりません。しかし、その扉を開く鍵は、誰もが手中にあると確信しています。

終わりになりましたが、本書を世に送り出すことができましたのは、平成生涯学習支援連盟の方々からの温かい励ましのお陰であります。あわせて、一期一会のまだ見ぬ読者のお陰であります。心より感謝いたします。

平成二十八年一月吉日

山川白道

山川白道（やまかわ はくどう）

昭和22年、愛知県生まれ。

昭和47年4月から平成 7年3月まで公立学校教諭。

平成 7年4月から平成15年3月まで公立学校教頭。

平成15年4月から平成20年3月まで公立学校校長。

平成20年4月から平成27年3月まで公立放課後児童クラブ主任指導員。

現在、平成生涯学習支援連盟理事長。ＮＰＯ法人日優連認定マスター心理カウンセラー。

【主な著書】
平成13年 『青い空　白い雲』文芸社
平成19年 『むげんの風』ヒューマンアソシエイツ
平成20年 『元気の風』ヒューマンアソシエイツ
平成23年 『詩集　四季の風』日本文学館
平成24年 『詩集　ふちんし』日本文学館
平成26年 『詩集　表裏一体』北辰堂出版

詩集 一生一度

平成28年2月18日発行
著者 / 山川白道
発行者 / 今井恒雄
発行 / 株式会社ブレーン
〒162-0801 東京都新宿区山吹町364 SYビル
TEL:03-6228-1251 FAX:03-3269-8163
発売 / 北辰堂出版株式会社
〒162-0801 東京都新宿区山吹町364 SYビル
TEL:03-3269-8131 FAX:03-3269-8140
http://www.hokushindo.com/
印刷製本 / 新日本印刷株式会社

ISBN 978-4-86427-205-6 定価はカバーに表記